내 속에 숨어 사는 것들

이 도서의 국립중앙도서관 출판시도서목록(CIP)은
e-CIP홈페이지(http://www.nl.go.kr/ecip)와
국가자료공동목록시스템(http://www.nl.go.kr/
kolisnet)에서 이용하실 수 있습니다.
(CIP제어번호:CIP2012000222)

실천시선

198

내 속에 숨어 사는 것들

이하

실천문학사

차례

제1부

제2부

제3부

제
1
부

스탠바이
—엑스트라 1

죄수복 걸친 채 경성 감옥 들어선다
오줌 벽 새로 돋은 뻘기와
마루판 깊게 파인 손톱자국이
날 선 조명에 놀라 출연자의 발샅을 내지른다

싸움 붙은 죄수 둘 벽관으로 끌려가면 쪽대본 따라 밥
그릇 내던지는 사람들
조선 놈끼리 그래서야 쓰나, 하면
미치겠는데 나라가 무슨 소용?
카메라 다가서면 누가 알아볼까 숯검정 얼굴에 덧칠한다
캇드, 하기 무섭게 그루잠 자는 수인(囚人)들, 뻘건 눈 비
비며 반장이 소리친다
눈 아프면 먼 산 보기 해보슈, 보면

지난겨울 얼어붙은 창살 틈새로 숨이 턱에 받쳐
솟아오른
앉은뱅이 한 송이

11

만적의 난
—엑스트라 2

나무깽이와 죽창을 틀어쥔 채
흡반 같은 카메라 앞에서
만적의 난을 재현하는 새벽

자정부터 비는 추적추적 내리는데
태풍에 밭뙈기를 잃은 만적
불황에 일자리를 잃은 만적
경마에 처자식을 잃은 만적이가
씨벌헐 씨벌헐 무릎을 찧어가며
31시간 혁명을 일삼는 중이다

왜 없는 놈들은 역사를 통틀어
엑스트라인가,
쉴 새 없이 죽창을 휘두르며 나는
노비 혁명을 주도한 만적이가
최충헌의 가노(家奴)였다는 사실을 곱씹는다

차별이 차별을 반성하지 않는 것처럼
혁명이 혁명을 반성하지 않는 것처럼
바람은 딴 데서 오지만
절망은 끝까지 그 자신을 반성해야 한다*

봉수대처럼 집채는 불타오르고
보조 출연자들은 똥돼지처럼 소리치는
반장의 악바리에 똥줄이 빠지는데
그래도 살아야겠다고 우리들 만적들은

서로의 상처를 어깨동무로 싸맨 채
봉기의 창끝으로 동천(冬天)을 가른다

———————

* 김수영 시 「절망」에서 부분 인용.

13

격포항에서
—엑스트라 3

거북선 타고 위도 깊숙이 들어옵니다 물길 가는 대로 누운 절벽, 조선 수군 역 맡은 우리는 바람을 엎고 활쏘기 시작합니다

넘어오지 마라, 부디 조심하시기를!

절도사가 칼끝을 휘저을 때마다 부안은 숨죽입니다 60mm 박격포처럼 생긴 총통을 배 옆에 끼고 우리가 격발한 것은 목울대 함성 한 번 내지를 때마다 격포항은 기암절벽처럼 층층이 고함을 되받습니다

나 자신이 바로 비격진천뢰구나
폿소리엔 폿소리로 답하는 바다

우리는 어느새 거북바위가 되어 붉은 노을을 봅니다 어스름 속에서 불쑥 저녁밥 토하는 소리, 거북선 쇠못을 거푸 밟아가며 누군가 뱃멀미합니다

제 속에 가진 힘 게워내어 밀물 따라 스러지는 사람들

물러서지 마라! 조선을 위해 목숨을 바쳐라!
큰 칼 찬 주인공 혼자
카메라 앞에 환하게 피어오르고

화장하는 父子
—엑스트라 4

두 남자는 위장 크림 민얼굴에 덧칠한다
폐도 위로 카메라 레일이 깔리고
석탄 운반차 대신 이동차가 지난다
왜 따라오셨어요, 환갑 앞둔 아버지는
묵묵부답 허리 굽혀 짚신을 묶는다
이것들 빨리 나르지 못해! 큐 사인에
십장 역 맡은 치가 채찍 휘두르면
검은 바닥에 엎어져 온몸 접는 사람들
폐광촌은 살아나고, 숨소리는 죽는다
어깨에 얹힌 석탄 지게가 뒷목을 짓누른다
아버지의 낡은 들메끈이 너덜거린다
평생 사람들 발에 신발을 신겨왔던 시간,
그 고샅의 끝에서 작은 신 어쩌지 못해
아버지는 거푸 무릎 꿇어 끈을 동인다
담엔 어깨 힘 들어간 역할 하셔야지요
폭음에 석탄 지게 내던지고 엎어지기
십수 번, 숨이 턱턱 막히는 탄가루에 체해

16

父子는 등줄기 두들기며 가래를 토한다
흘러내린 검은 땀이 흰옷에 줄 긋는다
시커먼 오줌 줄기가 불뚝불뚝 치솟는다
얼룩말처럼 다시 한 번 뜀박질해보자꾸나
피어오르는 더운 김에 몸 부르르 떨고는
바지춤 추스르며 父子는 화장을 고친다

국경의 남쪽*
—엑스트라 5

압록강 너머 서울에 정착한 X, 그를 만나기 위해 총상
입고 하나원에 들어선 Y, 이미 살림 차린 X가 뒤늦게 달
려와 Y를 만나면 관리원이 화면에 들어선다

관리원 : 면회는 불가하나 박 과장이 특별히 부탁하니,
한 삼십 분……?

하나원 관리원 역을 맡은 아버지가
화면 밖에서 소리치면
따라서 박수 치며 환호하는 우리들

빗물이 흥건한 반지하에서 복막염을 홀로 참아내려 하
던 때
우리도 탈출하고 싶은 순간이 있었나
탈출하고 싶은 곳은 있었던가
터진 김밥처럼 끈끈히 말려
구들 위에서 서로를 덥히는 사람들

18

그 숨으로 간다,
비탈 위에서
비탈 위에서
새벽길 트면서

* 2002년 안판석 감독 作.

전화 결혼식

한국에 온 지 4년째 되는 쁘띠와
다카의 신부 리나의
전화 결혼식이 열리는 날
소주병에 눌어붙은 붉은 두꺼비마냥
가리봉 이주노동자들이 공단 쪽방에 모여 있다

춥게 웅크린 저녁이 그들을 따 마시는 동안
한 번 서로의 안주가 되어보지 못한
쁘띠와 리나가 전화선을 비집고 입장한다
신부의 여린 숨결에도 찢기고 터진 등허리들은
기역 니은으로 엎어져 아프다 하는데
작업복으로 가만히 수화기를 감싸는 사내
젖은 그림자가 바다를 건널까, 취하여 비틀대는 어둠들
을 비끄러맨다
마을 목사의 설교 소리가 전화선을 타고 스민다
모자란 잠 때문에 맥없이 감겨오는
눈꺼풀들에서도 비가 서린다

거, 요새는 전화로도 같이 잠을 잔다는데, 이참에
첫날밤도 전화로 새우지 그러나?
엷은 웃음들이 서로의 콧김에 바람을 불어넣으면
구공탄처럼 금세 뜨거워지는 두꺼비들

비비기 전 갓 엎은 공깃밥처럼 리나의 꿈도
모락모락 피어오른다

발걸음

누군가 비탈길 허위허위 올라오다
굽이진 길 끼고 돈다
새벽부터 예배당에 다녀오던 앉은뱅이 아줌마
잔설이 내려앉은 미끄러운 길 오르다
무슨 말 건넸을 때 해끔 웃는다

여윈 손목, 발목이 산동네 찬 길을 힘차게 짚는다
걷다가 신발 한 짝 굴러 내리면 다시 돌아앉은 채 내리
걷는 아줌마
모퉁이에 신발 세워놓고 긴 숨을 몰아쉰다
부축하려 다가서자 손사래 치며 아줌마는 접힌 종아리
턴다
낮은 데 앉아 아줌마가 놓고 간 숨을 따라 쉰다

산길 아닌 공제선, 小路 아닌 石山이 보인다

그 예각을 아줌마는 날마다 딛고 선다

온몸을 밀어
온몸으로 성터에 오른다

평화시장에서

계천이 흘러넘칩니다 준설한 지도
얼마 되지 않았는데 강까지도
멀다는 듯 사람들 바지 깃을 부여잡습니다

저기 누군가 불나방으로 뛰었다는 거리도, 울 엄니가
야쿠르트 가방 끌던 길도
마냥 흘러갑니다 흘러가면서 끼리끼리 모여
서로에게 한 바가지 물을 끼얹습니다
더는 젖을 것 없는 사람들은
또 간판을 바꾸고 거미집 같은 건물에 페인트를 덧칠해
봅니다
더는 진짜가 없다고 무좀 발 구르던 골동품 가게 성철
아저씨도
더는 팔리지 않는 빨간 테이프 팽개친 채 구역 싸움하
다 고자 된 영남이도
말없이 흘러넘친 계천을 내려다봅니다
헌 비디오 사려고 갔다가 덩달아 발목이 젖어듭니다

슈퍼 카미트, 울 아부지 신발 가게의

최고 메이커도

끔뻑 물 아래로 빠져듭니다

정전

전기가 나가고서야 정신이 들었다

서랍장 속에 처박혔던 촛불이
네모난 화면 대신
다섯의 동그만 얼굴을
수제비처럼 빚어내고서야

윗집에 애기가 태어났다는 것과
동네에 뻐꾸기가 산다는 것을,

지하에 살아 지상보다 아늑하며
진작 풀 냄새가 흘러들었음을,

북극성으로 알았던 별이 기실은
인공위성이었으나 벌써
개밥바라기가 마실 나왔음을,

잠투정하며 막 깨어난 막둥이는
숙제를 하지 않아도 좋았다

폐업

　담뱃진 그득 묻어 누런 비디오 바닥에 몽땅 쏟아놓고 신문지 찢어 여백에 값을 적는다 며칠이 지나도 안 팔리는 낡은 이야기들, 홧김에 길가에 팽개치자 기다렸다는 듯 사람들이 주워간다 공짜 영화가 오늘 밤 먼지 낀 비디오를 돌아가게 만들면 녹슨 그네들의 웃음도 다시 재생될 수 있을까 테이프 잘린 비디오처럼 텅 빈 가게를 맴돌다 가슴에 찍힌 검은 화면 어쩌지 못해 주저앉는다

　집 잃은 쥐며느리 하나 가만 몸 웅크린다

몽골 사람
—삼보비디오 1

자정 넘어 자정, 누군가 삐죽 문을 연다
겨울비에 젖어 번들대는
붉은 악마의 옷을 입고
대함밍국 짝짝짝짝짝, 저는 몽골 사람
임미다 여태 못 가고 인써요
더께 그득한 두건을 모아 내밀며
그가 온몸으로 웃는다
태극기 칠한 그의 몸이 페인트 따라
녹아내린다 살아보겠다고
고비사막 지나 화물열차 타고
어쩌다 개점휴업 재래시장까지 왔을까
거스름돈 만지작거리다 본다
이미 오래전에 녹아 없어진 왼팔
빗줄기가 금세 장대비로 바뀐다
돌아서는 그의 등짝도 따라 녹아내린다
실핏줄이라도 남아 돌아갈 수 있을까
이대로 온몸, 흔적도 없이

모던 타임즈
—삼보비디오 2

누군가 쫓기듯 버리고 떠난 비디오 가게
휴학 후 거저 들어가
차린 셈 친다
널빈지 깨고 빨간 테이프 쓸어간 자 뉘지?
천 년 문대도 지워지지 않을 깨진 간판의 구토 자국
오가는 손님께 토악질한다

채플린처럼 아무도 빌려 가지 않는 나에게 푸른 딱지를
붙인다
이러면 누군가 빌려 갈까?
아무도 이곳을 버림받은 가게라 할 수 없으리라
하루 벌이가 내일 아침값도 안 될 때 셔터를 내리는 소
리는 히치콕의 금속성
신발 밑창에 구겨둔 천 원 내밀어 지존무상 찾는
산업 연수생들은 나의 힘

기기에 씹히는 단꿈 곽에 담아 떨이하며

거듭 나를 앞으로 돌려 본다

반전이 오거나

해피엔딩으로 끝날 때까지

나와 아저씨의 행방불명
—삼보비디오 3

앞니도 없는 꼬마가 쭈뼛쭈뼛 고른 것은
〈센과 치히로의 행방불명〉
가운 주머니 한참 뒤적이다
내놓은 것은 인형의 단추 서너 개

퍼뜩 난 버찌씨가 떠올라 웃음 짓는데
아이는 울먹일 듯 아저씨를 본다

마수걸이도 못 했으니 마녀 유바바 씨
빌려주지 말라 지청구를 놓는데
하루 벌이 따져보던 나는 내 안의
아저씨에게 질려 잔돈과 센을 담아준다

"아저씨도 진짜 이름을 되찾아요"
아이는 문짝을 열어놓고 내달린다

나와 아저씨는 나란히 앉아 굿바이!

가게 앞에 뿌려놓은 별꽃들이

웃죽웃죽 하늘 냄새 피워 올리는 한낮

제
2
부

반딧불의 묘

혹염과 바람에 지친 늦반디 한 마리
여름밤 기움질하다 다친 몸 끌고
뒤뜰에 앉아 여름잠을 잔다
가만히 다가가 손 안에 가두니 금세 전까지
뒤란을 밝히던 빛이 온데간데없다
어디서 푸른빛이 솟은 것일까, 허방 짚듯
서울 간 엄마를 부른다
두 볼에 라면땅 물어 뿔룩해진 입으로
우엉우엉 다시 할매를 부른다
막 당신 수의를 장만하신 증조할매
달려와 내 작은 손등을 탁 치시곤, 다시
웅크린 뒷등을 다독이신다, 아서라

무엇이든 가두면 안 되는 것이여
뒷구리선 누구든 골목대장이여

그 가시내

청산리 할머니 댁 담벼락 옆 토담집
모주꾼 아버지 집 나간 뒤로
엄마와 단둘이 산다던 계집애
외양간 옆은 울 부모 날 두고 서울 갔을 때
그 가시내 찾아와 소꿉놀이하자 했지

여보 여보하며 솜양지 패랭이 빻아 새참이라며 내밀던
촌 가시내
그 아이 식단은 참 다양했지
괭이밥에 질경이, 깨풀조림에 애기나리
가슴팍 두드리며 우물물 찾으면 술처럼 마실 거냐고 돌
아앉던 아이
제 키보다 두 뼘 더 긴 빨간 가운 끌고
차거리 찾겠다며 해종일 쏘다니던,
그 가시내 집 지금은 없지

창신동 산동네 울 아빠 등에 업혀 상경한 뒤

이듬해 설에 내려갔더니

지붕틀은 이지러져 주저앉았고 뒷구리엔 들꽃들만 그
득하였지

그 어머니 시름시름 앓다 누군가 급히 업어가고

새벽 된바람에 아이는 어디론가 보내졌다지

부엌 가에 버려져 있던 그 가시내 빨간 가운

명절날이면 맘속에 봉숭아 물처럼 젖어드는,

허깨비

찬마루 지나 건넌방, 자다 깨도 달안개 이슥한 곳에서 나는 매일 밤 할머니를 흔들어 깨웠습니다 할머니 귀신이 자꾸 쫓아와 뒷간도 못 가겠어
하면, 가만 아랫배를 쓸어주시던 할머니

뒷간엔 허깨비가 사능 겨
니가 올려다보면
고놈은 산만 해지고
내려다보면 고만
퇴끼 똥만 해지지

아래턱에 힘주고 뒷간에 걸터앉으면 누군가 속삭였습니다. 나는 사람이 더 무셔
보면, 아래에는 내 똥, 위에는 내 그림지

언제부턴가 내 속에 숨어 사는 것들이 보였습니다

배내똥

뒷간에 쭈그리고 앉아 두루마리 뜯는다 잠시 전 내 몸
이었던 게 두엄 더미 위에 똬리 튼다 한 점 한 점 두루마
리 살점 뜯어 남은 몸 닦는 동안 나와 두루마리는 한 몸
되어 조심스레 풀어진다 가슴속 한 점 물방울 속대롱 타
고 내려와 기스락에 매달린다 톡톡 새살 돋는 소리, 宇宙
는 어디서부터 비워지는 것일까 문득 이마 위로 청솔모
한 마리 앞니로 개암 탁 터뜨리자 내 속이 환하게 열린다
다 풀어낸 두루마리 종이 깍지처럼 몸속 텅 빈 주름이 훤
하다

벽에서 배내똥 냄새가 하얗게 묻어난다

41

베트남 부녀 한글학교

　시골 할머니 댁 입구에 드리워진 플래카드, 여남은 명의 아줌마가 나무와 나무 사이 현수막을 걸고 있다 이따금씩 알아들을 수 없는 소리로 수다 떨다가 머리에 두른 수건으로 땀 닦는 사람들,

　"베트남 부녀를 위한 한글학교
　아이들 방학에 맞춰서 저녁에 합니다,
　밭매다가도 달려오셔요."

　부녀회장 딱지 단 베트남 아줌마가 서툰 사투리로 사람들을 재촉한다 네 살 난 딸 밥 준다며 한 아줌마가 놓고 간 끈을 나도 잡아본다 저도 베트남어 배우고 싶어요, 하자 찬히 말해주세요, 한다

　날 두고 서울 가던 엄마 쫓아
　밤새 내달리던 길,
　그 길 위해서 노모 두고

한국 온 딸들을 본다

어느 틈에 젖어들던 땀방울
땀방울, 울던 현수막

밤게

　모두들 옆으로만 걷는 동막 갯벌, 밤게 한 마리 툭 불거져 나와 앞으로 걷습니다 바닥 마디에 너비가 있어 옆으로 걸을 수 있는 밤게는 행여 그렇게 될까 부단히 앞으로 떠돕니다 그게 못마땅한지 싸울아비 방게가 시비를 겁니다 한번 걸어봐라 앞으로 이 길을 밟아봐라 시위하듯 앞으로 걷는 밤게 주위로 칠게, 갈게, 쇠스랑게 모여들어 집게발을 내두릅니다 너는 아직 바다를 몰라 옆으로 돌아 걷는 이들의 악다구니에 잘려나간 밤게의 왼팔 아래로 여린 살점이 흰모래처럼 흘러내립니다 간밤 짝짓기를 나눴던 암컷 밤게마저 그의 고집 앞에 도리질 치는데, 새순 돋듯 자라는 왼팔을 부여잡고 그래도 길 나서는 작은 게 모두가 떠나가도 나는 옆으로 돌아 걷지 않으리 묵묵히 발 내딛는 밤게의 뒷등이 조약돌처럼 단단히 움찔입니다

묏자리

주식으로 퇴직금까지 날린 큰아버지가
수년 만에
고조할아버지 제사에 돌아온 설에
아버지들은 아무런 표정도 없이 묏자리 얘기를 꺼낸다

살아 누울 자리는 갈수록 좁아지니 우리가 누울 자리는
선산뿐이라고
잡풀이 무성한 봉분을 벌초하다
아버지들은 넌출넌출 서로를 베고 누워보는 것이다
자본의 내무반도 이념의 내무반도 아닌, 여기선 먼저
누우면 눕는 대로
별이 되는 게 아니냐

어릴 적 패던 나무 너도나도 손짓하며
아버지들은 불콰하니 장단을 맞춘다

악어, 악어새

악어새가 악어 입 속에 들어가 앉는 건 비단
악어 이빨 속 찌꺼기 때문만은 아닐 것이다
그 까닭은 악어 입 속 어디쯤에 있을까
늪의 심연 속에도, 울창한 숲 속 우듬지에도
없는 무언가가 악어 입 속에는 있을 것만 같다는
의구심에 나무 둥지 위의 새끼들은 자꾸만
악어의 벌어진 아가리 속을 들여다본다
정말 무언가가 있습니까, 아부지?
그렇게 많은 먹이를 섭취했는데도, 부리소리
그렇게 오랫동안 이빨 이곳저곳을 넘나들었는데도
저희들의 어깻죽지는 자라지 않고
숲 너머 하늘은 갈수록 넓어만 가는 까닭은
거듭되는 날갯짓에도 날기가 두려워지는 새끼들은
이제 청년이 되어 늠름하게, 그러나 접족한 채 로
영공(領空)을 송두리째 늪 속의 악어 입천장에 바치는
연습을 한다 다시 눈을 떠보니
숲 지붕 너머로 날아오른 새끼들의 부리 속으로

대지를 헤매던 벌레들과 논밭의 알곡들이
빼곡히 늘어서는 걸 본 것도 같은데

지뢰 고개 넘으며

　입산금지 푯말을 따라 지뢰 고개를 넘는다 밤새 60km 를 걸어온 행렬의 어깨 위에선 아지랑이가 피어오르고 박격포를 맨 분대의 뒷등은 거북이 등껍질처럼 단단하다 벌써 여럿이 구급차에 실려간다 나는 문득 우리가 대패 위를 걷는 목각인형 같다는 생각을 한다 짧게,

　북의 오성산에서
　남의 대성산으로
　별똥이 떨어진다

　왜 제 몸을 사르지 않고는 서로 닿을 수 없나 철모를 눌러쓴 사병들의 눈이 번득인다 이등병 하나 끝내 견디지 못하고 비탈 아래로 뒹굴다가 지뢰를 밟는다 꽈꽝, 스스로 한 줄기 꼬리별이 되고 온몸으로 울던 고리니의 비명까지 진창이 된 군화에 밟혀 암전된다

　선두에서 행군하던 대대장마저 마침내 1호차에 몸을

숨기면 우리는 가만히 서로의 이마를 바라본다 샛별은
사라진 병사의 견장 위에서만 아직 희붐하다

탄피를 캐며

이 마을 사람들이 약초 캐러 몰래 사격장에 다녀간 사이, 사격 연습을 마친 우리들은 탄피(彈皮)를 캐러 사로에 들어섰습니다
사람 손 밟은 풀들의 무릎이 흩뿌려져 있던 자리

살아 움직이는 것은 인형의 머리를 뚫고 온
탄피의 뜨거운 살갗뿐

우리는 서로에 묻힌 파편을 캐며 보았습니다 사격장이 山으로 위장하고 있다는 사실 밤에는 먹지로 자신을 칠하고 있다는 사실

우리는 문득 검은 얼굴을 들어 맞은편을 훔쳐보았습니다 저들 머리와 우리 머리와의 거리,
도저히 맞닿을 수 없는 공간을 발목 지뢰가 붙잡고 클레이모어가 내리눌렀습니다
서로의 머리에 쇳조각처럼 짓이겨진 철모, 우리는 무엇

의 껍데기일까 우리가 이제껏 뚫고 온 것은 무엇이었을까

　빈 탄창에 탄피를 채워 넣으며 우리는 쉴 새 없이 스스
로를 불발시켰습니다

서로의 얼개 놓지 않고 1
—산불

참억새의 머리채 차례로 휘어잡으며
북에서 남으로 산불이 솟는다

콰쾅— 꽝—
녹슨 지뢰 터지는 소리

동파된 취사장 물꼬 찾아
곡괭이 후리던 우리들
눈 계단 미끄러지며 내달린다

  수류탄 둘, 실탄 스물다섯 장전한 채 누가 먼저 길 아닌
길 헤쳐야 하나 철책 열쇠 따고 들어선 스물 남짓한 병정
들, 철모 밑 눈알이 폐쇄된 우물처럼 꺼져 들어간다

              —진돗개 둘, 진돗개 둘, 어서 막아!

맞불 놓으니 산불 돌아눕는다 소방 헬기의 폭격에 사그

라진 불씨, 한순간 용오름 되어 솟구친다 소싸움 하듯 씩
씩거리며 뿔질하던 양쪽의 불 떼들 둘 다 전사(戰死)

                    −G.P 피해상황 확인 要

　녹슨 조명탄 날 세워 어둠의 배꼽 획 그어 발긴다 물비
린내, 풀비린내 탁− 터지자 꼭두서니로 배 뒤집은 하늘,
산죽 뿌리 씹듯 불꽃을 입에 넣고 주억거린다
　(반세기 동안 풍장되었던 우리들의 땅, 불탄 자리에 드
러난 아이 크기 돌무덤이 치부를 드러내자 몇몇은 기겁
하여 입술 틀어막는다)

　철조망 위에는 인동 넝쿨 한 무리
　클레이모어 감싼 채
　허엇 두울 세엣
　고개 쳐들 시간 재며
　발 동동 구르는데

서로의 얼개 놓지 않고 2
—검은 아이

북한군이 놓은 불이 DMZ 억새밭 다 태웠을 때
허다히 드러난 돌무덤
그 돌밭 위서 본 애기, 기억납니까?

그날 밤 고라니 울음소리에 귀신의 옹알이라며
실탄 난사하고 쓰러진 당신
의무대 거쳐 대대 교회 찾았을 때 첫눈에 당신을 알아
봤습니다
설마 누가 들을까
나무 의자 밑에 숨어 속삭였지요

온몸이 까맣게 그을린 채 성큼 다가와
배때기를 짓눌렀다던 아이
충수염으로 성치 않던 단전을 찢고 들어가려 받아했다던
검은 아이

어제 저는 광화문, 아니 칼로 자기 배 긋던 사람 속에서

그 아이를 봤습니다

　온몸 불에 타다 만, 차라리 숯덩이 같은 한 아이가 뱃구
레 비집고 나왔습니다

　전경조차 찢긴 배에 혼절하는데,

　공작원들은 한술 더 떠 흑돼지 가슴 그어 복판에 던지
려고 했지요

　짐승의 심방이 있던 자리에도 검은 아이가 들어차 있었
습니다

　검은 아이는 검은 아이를 불러내었고

　검은 아이는 검은 아이와 손잡고

　쉴 새 없이 세종로를 지나

　다시 다대포로

　백운대로, 서로를 내몰았습니다

**우리가 안 보이나요? 배 열어젖힌 채 수술은 반세기, 죽지
못해 타고 있는 우리 말예요 우리를 잡아요 우리를 또 누구의**

사산아가 되어 태어날 우리 아이를

이글

지글,

검은 아이 불덩이가 사람들 배꼽에서 배꼽으로 넘어갔
습니다

전 다만 두 눈 감은 채 기도밖에 할 수 없었어요

찢어진 배 부여잡고, 흉터 더듬다가, 아이를, 손 한번 뻗
지 못하고,

십자가 한번 쥐지도 못한 채

어떻게 하면 아이를 달랠 수 있죠?

아이를 재워줄 순 있을까요?

자장자장—

자장자장—

게들의 적
—밤게 2

  바다는 죄다 어디로 쓸려 가는 게냐 넘놀지 않고서는 한시라도 감당할 수 없는 밤게 한 마리, 개펄을 헤집어 앞으로 걷는다
  개펄에선 한결같이 옆으로 걸어야 한다는 법은 누가 정한 게냐 집게발 내두르며 달려드는 너희들의 표정이야말로
  뒤집힌 게의 들이밀 곳 없는 게 좆이다
  발악의, 밤게는 뒤죽박죽 개펄을 들쑤시며 저를 압박하는 선배 게들의 모랫길을 엎어놓는다
  모래의 아성(牙城)에서 나오지 않으려는 그대들의 신념이야말로 이 개펄의 상처, 저어새로부터 보호하기 위함이라는 붙박이들의 허울이야말로 바다의 적(敵)
  내버려두라
  그대들의 믿음은 그대들 것으로 족하니, 이대로 저어새한테 먹힌다면 등껍질로 목구녁을 찢어놓기라도 하지!

제
3
부

덧니
—북경 일기 1

이십 년 만에 혓바닥 밑에 생긴 덧니 하나, 입을 열 때
마다 혀를 찔러 적잖이 까칠한데 이를 어디로 밀어 넣어
야 할까 일곱 살 땐 빠진 이가 많아 어디든 혀로 밀면 미
는 대로 옮겨갔는데 이제 이가 다 자리 잡았으니 덧니는
앞니, 어금니, 송곳니도 못 된다

경계에서 나도 덧니처럼 떠밀려 다녔다 뿌리는 같은데
왜 이름과 자리는 서로 너무 먼가 아직 뽑아야 할 이가 남
았나 삶의 한구석에 솟구친 덧니처럼 나는 거듭 어린 아
이가 되고 싶었다 그도 아니면 우리는 애써 서로를 실로
묶어 뽑아내고만 싶었다

북한 술집에서
―북경 일기 2

정처 없이 넋 놓고 걷던 날이면
저도 모르게 향하곤 했던
북한 술집,
평양 누이들이 두 손 꼭 쥔다
벽면에 걸린 조선 예술배우 김룡린도 웃는다
서울선 지금쯤 무슨 영화가 상영될까

도움 주신 분들 자막 속 알아볼 수도 없는 이름처럼
그저 난 한 시대에 얹혀 지났구나
술집 이름이 대성산관이면 내가 철원서 근무한 곳도 大
成山이요
우린 같은 굴레를 메었군요
부침개에 들쭉술 거푸 들이켜다가
취한 척 누이에 기대 태어난 곳을 묻는다
우리는 왜 서로를 번역해야만 하나
일순 피어올랐던 그리움 스스로 검열하며
비틀대는 어둠을 비끄러맨다

양 꼬치 굽던 중국인들이 노래 부르면

밤은 다시 모로 누워

자막 흘려보낸다

토우
—북경 일기 3

황색 물결 그득한 거리 고비서 온
모래바람이
매장 연습시키려는지
기도를 헤집는다
천지는 어느새 돌방무덤 되고
고대 장군들 구릉처럼 몰려와 행인들 꺼묻으려 한다

진시황아, 무열왕아, 천하통일도 좋지만 너희는 몇이나
순장(殉葬)했니?
달무늬 뒤에 숨어 더 무엇을 재니
토우총 같은 집들, 상형 토기에 굽다리 접시
서로를 닮은 얼굴들
기천 년 전에 본 기억이 새록새록

훌라후프보다 환한 골반의 토용 씨들이 꺄르륵
산 사람에게 삽자루 주지나 말지
화석들 속 누가 주억거린다

다시 보니
내 핏줄이 버리고 지운
낡은 데스마스크

배춧속 버무리며
—북경 일기 4

김치가 먹고 싶어 조선족 아줌마를
찾았습니다 제 몸보다 큰
고무 함지 들고 찾아온 아줌마
우린 한데 앉아 배추를 버무렸습니다

겉절이 한입 그득 물고 나는 내가 자란 옥천을 얇게 썰
었고, 아줌마는 떠나온 길림성을 솎았습니다 저물 무렵,
아줌마의 외투가 울었습니다

뭬에, 북서 넘어온 게 탄로 났네?
조선족이라고 우기디 그랬니
알갔어, 알갔어야
니들도 먼저 피하라우……

배춧잎처럼 파리한 얼굴로 아줌마는 김치를 바라보았
습니다 비닐장갑 낀 채 온 길 내달리며 뒤돌아보던 아줌
마, 앞길 훔치며 그녀는 거푸 내달렸습니다

66

아줌마가 놓고 간 고무 함지 속에는
함경도 어디쯤도 섞여 있을까

버무리다 만 김치를 어쩌지 못하고
나는 오래도록
한자리에 서성였습니다

반칙

나는 왜 반칙에 열광하는가, 독일 월드컵을
북경에서 시청하며 나는 왜
한국 경기보다 다른 나라 경기만
돌려 보고 있을까
누가 심판의 눈을 피해 교묘하게 반칙을 하는지
옐로카드야말로 진정한 선취 골이다

검은 옷을 입은 감시자의 눈을 피해 축구공이라는 둥근 감옥을
날려버리길, 대한민국 짝짝짝짝짝도 날려버리길
누가 누구에게 매수됐다는 날 선 루머도 경기장 밖으로 훌쩍
그러고는 이 북경에서 밤늦도록 소란을 떠는
저 붉은 악마도 묶어서 날려주시길
한국 팀이 후반에 공 돌린 것이 스포츠맨십에 어긋나는 플레이라고 비난하는
스포츠야말로 순수하고 공정한 장(場)이라고 맹신하는

자기 검열의 가짜 훌리건들도 안녕하시길

레드카드야말로 진정한 결승 골이니

그대에게 가는 길

구릉에서 이름 불렀을 때, 그대는
내가 아는 이가 아니었습니다
초원의 햇볕 그득 담은 얼굴로 함빡 웃었던 당신

무슨 말로 사과하고 돌아선 뒤에도 생김새 꼭 같아 돌
아봅니다
말고삐 건네는 푸른 팔, 나도 같은 얼굴로
같은 피 흘린 적 있던가

말 등에 업혀 긴장한 내게 휘파람 불러주는 그대
귀를 바꾸지 않아도 들리는 소리,
소리 너머
푸른 피 나누며 걷던 모래언덕 너머 끌면 끄는 대로 가
는 그대의 집이 떠 있습니다
내가 아는 이름으로 그대를 부르면
내가 아는 웃음으로 답하던 그대

오래도록 잊고 지낸 그대 집에서 잊었던 내 얼굴을 새
겨봅니다

아바, 아바하며 돌아눕던 겔촌 아이

오른쪽 팔목에 여직 선명한 내
푸른 몽고반점을
가만 초원에 흘려보냅니다

푸른 물결

저녁 무렵, 초원의 양치는 아이들 따라 냇가에 이르렀
습니다 나와 양 떼는 한데 섞여 물을 마셨고, 아이들은 물
수제비를 뜨고 있었습니다 마차에 드럼통 싣고 물 길러
온 아이들 뛰어들자 물이랑이 발목을 두드렸습니다

아이는 온 길 잊고 넓적돌에
숨을 실었고 나는
그 숨을 담아
가만히 마셔보았습니다

저녁놀 드리워진 물굽이에서 누군가 아리, 아리* 하고
웃는 소리에 놀라 고개를 들었습니다
아리, 아리랑, 물이랑, 푸른 물결?

우리는 아리에, 물결에 취해
지는 해를 보았습니다
햇살 가는 곳까지

내 숨 닿을 수 있을까,

힘껏 푸른 돌을 던졌습니다

---

* 몽골어에서 '아리'는 고운, 곱다의 뜻으로 사용된다.

사막의 아이

고비사막이 무서워 고비에서 돌아갈 채비하는 순간, 사막 아이들이 모래 구릉 내달리며 해쭉 웃습니다 고비에 살아도 고비서 살지 않고 맨발로 어디든 노니는 아이들 나는 돌아갈 길도 시간도 잊고 사막 아이들에 취해 낙타처럼 멀거니 섭니다

　　모래언덕에서 미끄럼 타며
　　바지도
　　속옷도
　　벗어던진 아이들

알갱이 낄까 두려워 헝겊 두른 신발 내려 보다 그만 자리에 주저앉습니다 살갗 그을릴까 무서워 뭣 하나 찢어내지 못한 난 더 이상 나아갈 곳이 없었습니다 아이들은 그런 내 두 손을 잡아당겨 모래무지처럼 구릉으로 파고듭니다

온몸이 모래 빛으로 이글거리다
다시 모래에 쓸려
한 몸이 되는 아이들,
나도 가던 길 잊고 이대로
고비에 머물 수 있을까

고비에서 살아도 고비에 없고
고비에서 떠나도
고비에서 웃을 수 있을까

아이는 한 움큼 모래를 토해내 거리낌 없이 내게 수혈
해줍니다 아저씨 몸에도 벌써 모래가 흐르고 있어요 양
팔 휘저으며 아이는 바람 타고 멀찌감치 내달립니다 나
도 가만히 고비에 뛰어듭니다 온몸에 흐르는 모래가 뜨
겁습니다

징산둥제 후통*에서 1

　김산**을 만나러 가는 길, 철거된 옛집의 빈터 한쪽에
할머니가 앉아 있었습니다 할머니는 철거 현장을 떠나지
못하고 길에서 살고 있었습니다 나는 할머니에게 길을
물었고 할머니는 길을 잊고 다만 고개를 저었습니다 돌
무더기 속에서 아이들의 웃음소리가 날아들었습니다

　바지 뒤가 터져 엉덩이를 내놓은 채
　숨바꼭질을 하고 있는 아이들,

　김산은 어디로 숨었나
　또 다른 이름으로
　혁명에 참가해
　버마에 숨어 싸우고 있나?

　나라도 민족도 잊고 후통에 섞여
　무슨 말로 숨바꼭질에
　뛰어들었습니다

귀뚜라미 소리가 날아들어
오래도록 온몸을 두드렸습니다

징산등제 후통에서 2

"엄마, 똥 다 쌌어."

동네 뒷간에서 아이는
골목이 떠나가라 소리친다
대답이 없자, 아이는
더 크게 "엄마, 휴지!" 한다

아이의 목소리를 들으며 오래도록 잊고 지낸 산동네 공
중화장실을 떠올린다 온 마을 사람들이 한 줄로 기다릴
때 문 열고 나오다 마주친 짝사랑했던 여자애, 그 창피함
과 당혹감으로 오래도록 도망 다녔던, 다시 김산을 찾는다

그가 지난 아리랑 고개를
더듬더듬 더듬다가
나는 채 한 발짝도
내딛지 못하고 발걸음을 돌린다

훅, 끼쳐오는 냇내, 탄내
사람 끊긴 어둑한 길
김산은 무슨 까닭으로
인민을 위해 싸우다
아무도 모르게 처형됐을까

억압받는 민중이라면
중국인도, 일본인도
다 같은 민족이라고?

너는 지금 어디에서
싸우고 있냐고?

그가 지우고 떠난 길을
나는 오래도록
떠나지 못하고 서성인다

상상의 정부
—상해 일기 1

마땅루 샹하이 린스쩡부, 한귀런만 드나드네
반년을 겉돌며 뒷길을 걸어도
차마 만나지 못했던, 한때 문지기가 되고 싶다던
경무국장 김구 씨
말끔한 꼴이 적(敵)을 닮아 행여 그가 쫓아오지 않을까
오들오들
치기 어린 속에 입 잘못 놀려 누구에게 숙청당하지 않
을까 벌벌

복도 구석에 놓인 양변기, 집무를 보던 사람들의 침대
전사(戰士)는 전사(戰死)하고 인간은 여직 이곳을 떠도네

삼층 창 안으로 용수의 그림자가 드리워지면, 어둠 속
에서 한 남자가 꺼얼껄
뭐가 그리 두려워 수통 같은 몬양으로 섰나
곳곳에 널린 여염 빨래는 꺼이꺼이
지는 볕에 스스로 말라버리면 안 될까 이 짠 눈물 같은

80

물기조차 허락을 받아야 하나 붉고 푸른 내복이
아니랑, 아니랑랑

고개 흔들며 보채도 김구 씨는 끝까지 보이지 않네
몇몇은 키 쓴 아이처럼 홀쩍이고,
몇몇은 소금 뿌리듯 똑딱이를 들이미네

홍커우 공원에서
—상해 일기 2

저물녘, 사람은 없고 흰 개만 나무를 타고 있었다 다시
보니 길고양이, 범처럼 덩치가 컸다 그는 왜 여태 집에 가
지 않고 이곳을 서성일까 숨어서 붉은빛 새어나오는 매정
(梅停)*을 훔쳐본다 한 발짝도 다가서지 못한 채 공터에 울
리는 폭음소리 듣는다 정적, 정적, 내부에서 찢기는 괭이
소리 십자 말뚝 앞에서 스물다섯의 청년이 쓰러진다

투사에게는 못 하고 한 개인에게
영웅에게는 못 하고
애꿎게 죽은 민간인들에게
고개 숙이자 불이 꺼진다

뜬구름으로 덮인 하늘 틈에서
그가 씩, 웃는다
빗방울, 빗방울

---

*매헌 윤봉길 의사의 넋을 기리기 위해 루쉰 공원(구 홍커우 공원) 내에
 만든 기념관.

황푸강 1

　남한을 탈출한 지 삼 년째, 와이탄서 서른이 되었네 십년
지기는 학교 선생이 되었고, 불알친구는 주사보가 되었다
는데, 난 어쩌자고 국외자가 되어 또 어디로 떠밀려 가나

　죄 많은 붉은 강, 흙도 피도
　가라앉은 강물 위에서
　나는 지나온 길도 갈 길도
　잊고 이지러진 몸뚱이
　찢어내고자 뛰어드네

　내 시커먼 핏줄 속으로
　흘러왔다 흘러나가는 강이여,
　그대 혼이여

항저우 일기
—임포 시인[*] 묘지 앞에서

항저우에 와서 임정 청사는 안 찾고 고산만 찾았습니다
서호 한가운데 안긴 외로운 산 그곳서 홀로 잠들어 있는
임포 시인을 만났습니다 세상에 나가지 않고 홀몸으로
은둔 생활을 했던 사내 매화를 아내 삼고 학을 자식 삼아
서 매처학자라고 불렸던 이 나는 문득 그에게 묻고 싶었
습니다

  자유로웠습니까 관직도 처자식도 없이
  맨몸으로 사는 게
  홀가분했습니까 세상 그 어디에도
  속하지 않고 지내는 게

어디선가 매화 냄새가 나를 이끌었습니다 한데 왜 매화
는 보이지 않을까 누개는 걷히고 있었지만 땅거미가 발
목을 붙들었습니다

  나는 어떨까 앞으로 살아가는 게

나라와 제도를 잊고도
임포처럼 꿋꿋할 수 있을까

어두워질수록 주위에 널린 하얀 꽃들이 더욱 선명했습니다 무슨 꽃일까 가까이 다가서보니 흰색과 연분홍색이 섞였습니다 매화였구나 왜 매화는 다 붉다고만 생각했을까 이제 막 백매에서 홍매로 변하기 시작한 꽃이, 그대가 거기 있었습니다

---

* 중국 북송 시대 시인. 자는 군복(君復). 시호 화정선생(和靖先生). 부귀를 추구하지 않고 서호(西湖)의 고산(孤山)에 은거하였다. 매화와 학을 사랑하면서 독신으로 생애를 마쳤다.

천리마 축구단
— again 1966

미지의 땅에서 작달막한
사람들을 싣고
전세기가 건너온다
구라파가 들썩거린다

그들은 후덕한 웃음을 지으며 카메라 앞에 엉거주춤 선
다 천리마는 거칠지 않았고 긴장한 소련 팀만 축구장에
그들을 내다 꽂았다 붉은 양말에 붉은 상의, 전투하듯 달
리는 그들에게 미들즈브러의 시민들이 환호한다 그들을
인정하지 않으려는 주최 측의 온갖 문빗장을 가로지르며
천리마는 반칙처럼 골을 넣는다

첫 골 8번 박승진의 발리슛, 문지기 리창명의 몸 던지
기, 7번 박두익의 결승 골, 멈추지 않고 접진하다 3ˊ5ˊ로
역전패 당하기까지 그들은 백병전하듯 쉴 새 없이 맞붙
는다 제국주의 왕실이 그들의 주권을 부정해도, 이탈리아
팀이 그들을 깔아뭉개도, 남한 정부가 그들을 모함해도,

그들은 저항하듯 천리마처럼 내달린다

축구단이 귀국 후 숙청을 당했다고?

미지의 땅에서 붉디붉은
사람들을 싣고
전세기가 건너간다
전 세계가 들썩거린다

황푸강 2

더는 빗겨지지 않는 고수머리
강물에 풀어본다
이제 혁명 놀이는 그만,
흐르는 것은 흐르는 대로
아주 버려두면 안 될까
그렇게 서로
영영 떠나보내면 안 될까

내 몸속에서 그댈 잊고자
무자맥질하는 심장이여

다시 북한 술집 앞에서

나도 모르게 다다른 술집 앞에서
다시 발걸음을 돌린다
그 여자, 만날 수 있을까
만날 수 있을까
서성이다 돌아선다
큰 눈이 볼 때마다 촉촉해
눈물을 머금고 사는 것 같던
여자, 그 여자, 북한 여자

제
4
부

타워크레인

맨땅 거푸 집어삼키며 거대한 쇠말뚝이 교수대처럼 사
람들 목을 따고 있다 자꾸자꾸 따고 있다 돌무덤에 갇혀
잠든지도 모른 채 차례 기다리는 사람들, 전지처럼 소모
되면

숨결도 혈흔도 없이 우린 무엇으로 서로를 기억할까

0호선

이 도시엔 언제부턴가 커다란 공동묘지가 들어섰다

사람들은 아침마다 정장을 차려입은 채 그 회벽으로 걸
어 들어갔고
저녁이면 죽음의 그림자를 하나씩 메고 나왔다
켜켜이 짜인 관 속에는 희한하게도 간유리가 쳐져 있었
는데
사람들은 그 간유리에 비친 시체를 바라보며 익숙한 얼
굴들을 떠올렸다
제 모습이 유리에 투영될 때마다 자신이 송장처럼 느껴
진다고 주장하던
어떤 사람은 커다란 관 밑에 뛰어들어 자살해버렸다
검은 고무로 하체를 감싼 채 두 손으로 걷던 사람들은
찬송가를 즐겨 불렀고
노인들은 자신들만 앉을 수 있게 마련된 자리에 오래
머물렀다
어떤 날은 이 도시에 적응하지 못한 행려병자가 묘지에

불을 질렀는데

　백여 명이 넘는 관람객들이 그 자리에서 화장(火葬)되었
으며

　관 속에서 가족의 유해를 발견한 사람들은 산송장이 되
어 실려 나왔다

　타다 만 외투에서 발견된 습작생의 그을린 시구(詩句)는
아직도 삶이 무언지를 묻고 있었는데

　지식인들은 그곳에 묵념하면서도 시의 뜻을 매번 잊어
버렸다

　회벽 한쪽에서는 날마다 신문이 팔렸지만 무덤 밖의 생
을 읽다가 지친 이들은

　아무렇게나 관 위에 신문을 구겨놓았고

　도시에서 밀려난 사람들은 그것을 관 뚜껑처럼 덮은 채
일찍 겨울잠에 빠져들었다

　주검이 들어서는 만큼 입장료는 매해 올랐지만

　사람들은 누구도 자신의 죽음을 믿지 않았다

벽관

서대문형무소 내부의 벽관이 들어와 보라며
제 몸을 연다
독방보다도 좁은
뱃구레로 사람들 앞에 포즈를 취한다

안팎에서 셔터를 누르며 지분거리는 나에게
사각의 좁은 창은
백 년 전 프레임을 건네는데
잘 어울리시네요, 찍어드릴까요 사진?
눈 푸른 가이드가 손을 내민다

아빠한테 혼나고 장롱에 숨어 울던 때처럼
완전한 어둠을 갈망하며 나는 애써
못 알아들은 척 뒤돌아선다
곰팡이가 내 몸 안으로 들어오겠다며 노크한다
가위에 눌린다는 것은 그런 것일까

시간의 행간에 걸려
어느 시대에도 살지 못한 채 벽이 되는 것

관광객이 터뜨린 플래시 빛이 벽관 안으로
들어오자 나는 온전히 봉인된다

필름통 속에 갇혀 인화되길 기다리는 빛살처럼
함부로 열어볼 수 없는 기억을 더듬는데
관리원이 시계를 흔들며 뚜껑을 연다

모든 숨결이 날아간 자리에 노을 구름만이
제 피로 현상한 붉은 그림들을
이토록 찬란하고 쓸쓸하게 펼친다

정관헌
―정동 일기 1

경운궁 대한문 앞 노란 옷 입은 군사들이
수문장 교대식을 한다
이미 스러진 나라를 붉은 기로 받치듯
허하게 허하게 대오를 맞추다가

던킨도너츠와 이얼싼 중국어 간판의 보호색에 묻혀 사
라진다
이제 황제의 처소는 누가 지킬까
수문장이 사라진 대문 안에 돈을 내고 들어서서
속고 속였던 시간들이 빠져나가게 둔다

기껏 정관헌에서 양탕국이나 한 잔
마실 생각이었으므로
또 어디에 숨어야 했는지 고종은 보이지 않고

토요일만 진입이 허락된 최초의 커피숍은
돌아가라며 안녕, 손을 흔든다

제국이 사라진 이후로
모든 날들은 토요일이었으니 들어가야 마땅하다고
패악을 부리다가
2010년의 내가 1910년 대한제국의 국경을
함부로 넘는다

모든 지나친 욕망은 자체로 선전포고니,
이제 그만
나도 추방해야 할 때가 되었나 보다

남도 추어탕
—정동 일기 2

정동길 중명전에 왔다가 문 닫혀 돌아 나오는 길,
붉은 글씨로 추어탕이라고 써놓은
남도 식당에 들어갔습니다

미꾸라지도 빠져나가기 어려운 때가 있는 법이라고
한 수저 뜨면서 생각하다가
뼈가 씹히자 왜 좀 더 잘게 갈지 않았을까
불평하다가
두 수저를 뜨면서 또 담백해서 그릇을 들고 마셨습니다

뼈를 갈아 마셔도 시원치 않은 놈들은
잘도 미끈거리며 살고 있는데

너는 어쩌다 흙탕물에서 너를 잃었냐고 다그쳐 묻다가
문득 뼈도 모자라 한때 온전한 生이었을
저 생명붙이의 전부를 씹어 삼키고 있는 내가
무서워졌습니다

100

그럼에도 먹으면 먹을수록 허기가 져서
주의 깊게 남은 양을 어림했습니다

이러다가 사람은 사람까지 잡아먹겠구나 싶어 이빨에
낀 형해를 확인하지도 못하고

내 눈을 피해 내 눈을 내리깔았습니다

온몸을 갈아 마신 대가로 지폐를 건네고 식당 문을 나
서려는데
길은 문고리를 내주지 않았습니다
굿바이,
다음 차례는 나였으니까요

회화나무展
—정동 일기 3

미술관 앞 회화나무가 스케치를 한다
지난 계절 그저 꽃만 피우다
겨울이 되어 빈 하늘에 밑그림을 그린다

그 자체로 한 자루의 붓 같은
가지 끝, 4B 연필 같은

이름처럼 꽃잎 열리고 누군가 물감을 불어넣으면
건물 안에 진열된 화폭보다 아름답겠지

아무도 봐주지 않는 찬 하늘에 자신의 전시회를 열 상
상을 하며
부러 헐벗은 몸 끝으로 나무는 드로잉을 해나간다

회화나무展은 건물 안이 아닌, 바깥도 아닌
길의 복판에서 한겨울에만 열린다
겨울은 계절의 끝이 아니라 시작이니

대부분의 생을 길에서 보낸 사람은
티켓 없이도 볼 수 있으리라

입체경

흑백사진 속 할아버지가 맷돌을 돌린다
같은 할아버지가 옆 사진에서 또
맷돌을 돌린다

얼핏 보면 같은 사진 같지만 조금씩 다른 그림이
입체경으로 들여다보니 생생한 하나다

본다는 것은 이렇게 일체로 만드는 것일까

너무 가까이 다가가지 말라고 박물관지기가
손사래를 치고
아이들은 금지된 곳을 해쭉 뛰어다니는데

어떻게 너는 네 두 눈 안에다
전부를 들여놓게 만들었는지

감시 카메라는 분주하게 내부를 살핀다

경성과 동경 사이, 제국을 삼킨 제국의 소실점

죽은 자들이 모여들어 입체경으로 관람객을 흘긴다
이렇게 하면 나도 산 자가 될 수 있겠냐고
시민이 될 수 있겠느냐고
창과 방패가 분주하게 맞물리는 시점에서

이제는 그냥 달라도 괜찮겠다고

아이들은 유리에 비친 자신을 보고 새삼스러워
눈깔사탕을 문 채 울거나 웃는다

묵언

아래턱과 위턱이 어긋나 무엇을
씹을 수도 없는데
거울을 입에 넣은 여의사가
당분간은 일도 말도 할 생각 말란다

그대는 너무도 많은 이야기를 했고 넘치도록 먹어왔으
므로
목 부근에 두를 찜질팩부터 내민다

나는 실로폰 막대 같은 거울로 치아를 두드려본다
금으로 씌워야 할 충치들과
교정해야 할 치열들이
모르는 새에 소리를 그득 머금고 있다

턱 안에 이토록 많은 화약을 심은 자는 누굴까
가만히 말들을 되새기며
두 손을 모아 얼굴을 어루만지는데

청구서가 무서운 나는 입이 굳은 중에도
거듭 숫자를 묻는다
어긋난 턱에서 새어나온 말들이
콩나물 표로 삐져나와 병실을 채운다

누군가는 저것을 낚아 자신의 오선지에 담아놓겠지

앞으로는 말을 더 줄이려고 한다

마니산

해무가 황사를 머금고 달려든다
암능이 앞을 터줄 때까지 길을 잃고 또 잊는다
수십 번 흙물에 엎어지고 돌부리에 무릎을 찧고서야 거
둔다
마음속에 얹혀 있던 뚜껑돌 몇 개

금지된 제단에는 오르지 못하고 소사나무를 두드린다
산과 돌과 안개를 봅니다, 손을 모으고서야
산은 다음 길을 열어준다

수천 년 전 저기, 저 산의 꼭대기에서 기도했던 제사장
하나,
그가 섬겼던 태고의 하나님은
내가 믿는 하나님과 다를 것일까

허리를 굽히지 않고서는 올라갈 수도 내려갈 수도 없는
구름바다 심연에서

나는 나를 버리고 이끼에게 숨통을 건넨다

제사는 함부로 지내는 게 아니었다

서울 성곽

너무도 많은 벽을 쌓아왔다
너무도 많은 것을 버려야 했다
쌓다가 쌓다가
깔려 죽거나 찔려 죽거나
누군가는 댓돌이 되어 어딘가에 묻혀 있겠지
수도란 그런 것일까
바깥으로부터도 아닌
안으로부터 중심을 지키기 위한
혹은
거부할 수 없는 무엇을 심어주기 위한
상상의 집을 쌓아올리는 일

지역의 곳곳에서 농사짓던 청년들
그러모아
무게를 떠넘기고 길들이는 일

성터 지붕 위서 얼음땡 하던

아이들, 총포 구멍에
얼굴 밀어넣고 땡을 외친다

한 쌍의 붉은 십자가

사람 붐비는 명동, 먼 곳에서 두 사람이
한 사람처럼 걸어온다
온몸에 구멍을 뚫어 고리를 꿰고
쇠줄을 걸어 서로 이었는데
누구 하나 넘어지면 어쩔까 싶어
행인들 멀리 뒷걸음친다
프리허그 문구를 옷에 새긴
여자애들도 몸을 피한다
괜찮니? 괜찮아
다시 들어도 둘 다 남자 목소리
끈이 엉켜 걸음은 더디고
살점 몇 개 찢어져 피 줄줄 흐른다

성경책과 확성기를 들고 지나던 시내
그들에게 각목을 집어던진다

나무때기에 엉겨 붙은 벌거숭이 둘

서로를 부둥킨 채 그래도 걷는다

죄 없는 자가 먼저 돌을 던져주겠지

풀잠자리 알

아기집 드러낸 빈 꽃대
하나
자기를 뺀 전부가
화엄인 듯

남은 몸 포개어
허공을 받친다

유월과 육월 사이

　유월이면 헤어진 여자 친구를 그리네 6월 6일 나들이
간 날에 그녀는 서울 숲에 누운 내게 속삭였지 육월 육일
을 영원히 잊지 못할 거야 그때 내 귀에 들어온 게 벌레였
을까 그녀의 혓바닥이었을까 혼몽한 중에도 난 허위허위
손사래 치며 우겼지 육월 육일이 아니라 유월 유일이야
유월과 육월 사이, 6월 놓고 기억, 아니 ㄱ자 하나 어쩌지
못하자 그녀는 목소리를 높였고 그 소리를 나는 입술로
받아주지 못했지 그때 내 입에 들어온 게 벌레였을까 그
녀의 혓바닥이었을까 그녀는 영영 가버렸지 유월 유일도
육월 육일도 아닌 유월 육일이었음을 아니 답은 처음부
터 없었음을 그저 육(肉)이 둘이거나 69였으면 되었을 것
을 진즉 알았다면 그녀는 떠나지 않았을까 그때 내 몸에
들어온 게 현충(玄蟲)이었을까 그녀의 혓바닥이었을까

호두알 속의 우주

비뇨기과 의사 앞에 엎드려 궁둥이를 깐다
요도를 타고 들어온 세균이
호두알처럼 주름진 전립선을 휘젓는다나
의사는 손가락 두 개를 갈퀴처럼 굽혀
괄약근을 비집어 직장을 헤집는다
아, 아, 무릎을 모은 채 신음을 내지른다
너무 오랜 시간 한자리에만 앉아 있었나
헤어진 연인에게 옮거나, 옮게 했을까
이게 다 이성 때문이거나 회사 때문이거나
손마디 굵은 의사는 내장 끝에서 끝까지
아주 그냥 뚫을 기세로 한껏 손을 놀린다
몸통이 두루마리 휴지처럼 텅 비었는지
요철(凹凸)이 맞물린 엠보싱 제품처럼
항문이 옴씰거린다 몸피는 감기거나 혹은
풀리거나 바지를 올리기도 전에 들어온
간호사가 혁대 따윈 끌러버리란다
허리띠로 마구 나를 채찍질할 것 같은데

예수는 다 이루었다는 서른셋의 나이에
나는 아무것도 이루지 못한 채 또 엎드린다
비워라, 비워라, 바늘 하나 내 안에 깊숙이

유전

거즈에 물 묻혀 깨어난 아버지에게 건넨다
패혈증 올 때까지 어떻게 참으셨어요
17년 전 넌 어떻게 참았니
가족들 걱정할까 맹장 터져 복막 찢겼던 아들과
자식들 애먹을까 복막염도 참다 피가 거꾸로 흐른 아비
가 국립의료원 병실에 앉아 할 말을 고른다

포클레인이 거리를 파내고 길은 자꾸만 낮아진다
빈 하늘은 햇살 담은 찬비를 흩뿌린다

아버지는 오래전에 아문 아들의 배를 쓰다듬으며 마냥
창밖을 본다
아들은 차마 아버지의 흉터를 건들지는 못하고
환자복만 만지작거리다 한때 창문이었던
아버지의 눈을 본다

창유리도 창틀도 사라진 자연 그대로의

눈, 서로의 눈에 비친 그 눈

한치잡이

화살오징어가 풍어를 이루면
한치잡이 배가 출어한다
낚싯대 여러 개 던져놓고
환한 전등 하나 달아놓으면
밤이 새도록 달려드는 한치 떼
한 치도 안 되는 짧은 다리
버둥거리며 한치는 연거푸
화살촉 같은 머리 마스트에
꽂는다, 아프다, 원통하다
한 치 앞도 못 보는 삶,
무엇이 좋아 이제껏 밸도
없이 불빛만 보고 달려들었나
지금은 모두 말라비틀어진
계절, 바다의 기억이 익어서
누군가의 술상에 오른다면
그들은 한 치의 작은 희망도
시간도, 씹어낼 수 있을까

오징어 새끼처럼 작은 것이
그 짧은 다리로 내게 왔는데
나는 오늘도 추스르지 못해
네 앞에서 흐느끼고 있다

이상한 나라의 작은 집

얼마쯤 걷다가 어디에서 멈추었을까 온몸에 스민 진눈
깨비가 몸 안에서
　다시 내리는 느낌이 들었을 때
　그는 제 몸체를 줄여 미니어처로 지은 집에 들어갔다

　이따금씩 거꾸로 한기가 올라와 그의 목젖을 쩔렀고,
목감기가 일어
　기침이 조금씩 턱 근육을 두드렸다
　그는 이상한 나라의 앨리스가 된 기분이었다
　그런데 왜 안경알은 같이 작아지지 않지
　눈이 침침해 두리번거릴 수도 없어 그는 이내 작은 침
대에 누웠다
　잠이 오지 않았다 그런데도 눈만 감으면 눈앞에 수많은
얼굴들이
　활동사진처럼 지나갔다 얼마간 그것들을 이어 붙이면
　꿈이라 불러도 좋을 것들이었다

가만히 그림들을 이어보다가 그는 하마터면 온몸을 크
게 일으켜
  작은 집을 부술 정도로 놀라고 말았다

  그녀의 모습이었다 그와 그녀가 사랑했던 기억들 그것
이 고스란히
  이상한 나라의 작은 집, 그것도 꿈인지조차 분간할 수
없는
  환영 속에서 지나간 것이었다 차라리 꿈이라면 좋을 것
같았다
  적어도 그가 생각하고 싶어서 불러낸 건 아닐 테니까

  그는 상체를 일으켜 물을 찾았다 아직 감은 눈을 채 뜨
지 않은 채
  자리끼가 있을까 싶어 주위를 더듬는데, 또 한 번 기겁
했다
  누군가 침대에 누워 있는 것이었다 그런데 누구지?

희뿌연 한 침대 머리맡을 보니 어디서 많이 본 듯한 사람이, 정말 많이 본 듯한 사람이

엇,

그는 바로…… 그였다 저 자신 이제는 펄쩍 뛰는 것도 새삼스러워

정말 이상하리만치 침착해진 그는 찬찬히 자고 있는 자기를 내려다보았다

그의 몸뚱이는 간헐적으로 코를 골았다 거울에서 볼 때보다 훨씬 수척했다

피부는 푸석푸석해서 숨이 막혔는지 땀구멍이 송송했고

고수머리는 저 혼자 말려들어가서 철수세미처럼 두피를 찔러댔다

더는 보고 있을 수 없어 그는 그의 뺨을 두들기며 흔들어 깨웠다

하지만 그는 깨어나지 않았다

그제야 그는, 제 혼이 몸을 슬쩍 이탈했다는 생각이 들

었다

　그러니까 그의 혼백이 지금 물을 마시러 일어난 것이고, 그의 몸은 누워 있는 것이었다

　한순간 자유롭기도 했다

　그는 물 먹는 것도 잊은 채 골똘히 고민하기 시작했다

　이대로 훌쩍 날아올라 하늘로 날아볼까, 차라리 이상한 나라도 벗고 다른 별로 가볼까

　곰곰 생각하다 보니 불현듯 누군가 한 말이 떠올랐다

　그러다가 영영 제 몸으로 돌아오지 않는 사람도 많다는 이야기

　왜 그때 그는 그녀를 떠올렸을까 다시는 그녀를 볼 수 없다고 생각하니 갑자기 두려워졌다

　그녀가 없는 세계, 그곳은 너무 힘들고 외로울 것 같았다

　지금은 그녀를 볼 수 없을지 몰라도

　같은 하늘 아래 살아가고 있다는 위안, 그거 하나면 어쩌면

그런대로 살아갈 수 있을지도 모른다는 생각이 들었다

그러자 그는 마음이 편안해졌다 누워 있는 그의 얼굴에
도 화색이 돌았다
  순간 작두콩처럼 하늘로 솟을 듯했지만 그의 혼백은
  제 몸의 바지 자락을 단단히 붙잡았다
  붙잡히는 것이 또 신기해 그는 자신의 몸을 더듬기까지
했다
  온몸이 찢기고 터져 있었다 얼마나 헤매고 떠돌았던가
  그의 혼이 몸을 떠난 게 아니라 그의 몸이 혼을 내팽개
쳤다는 게 맞을 듯했다

  그는 가만히 자신을 향해 도로 누웠다 다시 나를 만날
수 있을까
  혼보다도 몸을 더 아끼고, 맨몸으로 당당히 코카서스
산에 설 수 있을까
  얼마쯤 지나자 비로소 영(靈)과 육(肉)이 하나가 되어 약

동하는 게 느껴졌다

그는 가슴을 쓸어내리고 또 쓸어내렸다 그러곤 자신을
토닥였다

이제는 나에게서도, 너에게서도 도망가지 말자

큰마음으로 세상에 뛰어들되 작은 것들을 잊어버리지
말자

침을 한 번 삼키고 기지개를 켜자 그의 키는 다시 커지
기 시작했다

그는 재빨리 집 밖으로 뛰어나왔다

작은 집은 어느새 사라지고 그는 그녀의 집 문 앞에 서
있었다

가로등 새로 초인종이 보였다 하지만 그는 그것을 누르
지 않기로 한다

이제 그는 이상한 나라의 이상한 일들이, 비단 앨리스
에게만 벌어지는 게 아니라는 걸 안다

그는 골목을 돌아 나와 세계를 마주 보며 첫발을 내딛
었다
모든 게 새롭고 신기했다 사랑스럽고 따뜻했다
얼마든지 다치고 넘어져도 좋았다

그 이상한 나라의, 작은 집에서의 일들만 기억한다면
말이다

詩

거리의 노인 하나가 큰 붓을 든 채
도랑의 물을 먹 삼아
물글씨를 쓴다
쓰면 쓰는 대로 채 몇 초도
안 되어 사라지는 무늬들,
먹물 다 빠진 노인의 백발만이
슬쩍 허공에 쉼표를 찍는다

해설

손남훈 문학평론가

떠돎의 존재, 전복의 상상력

1

시인은 천상을 노래하면서도 지상에 디디고 선 다리의 감각
을 잊지 못하며, 소통의 유일체로서 언어를 다루면서도, 채 담
지 못한 메시지를 언어와 언어 사이에 여백으로 남겨놓는 존재
이다. 천상과 지상, 언어와 여백 사이에 끊임없이 길항하는 시
인의 시선은 어느 한쪽에 무게중심이 쏠린 외눈박이가 아니라,
마치 카멜레온의 눈처럼 스펙트럼의 양극단을 동시에 보려 한
다. 말하자면, 시인의 의식은 사물을 향해 열려 있되, 그 내재성
과 외부성을 동시적으로 감각하며, 육박해오는 존재의 질감을
영(靈)과 육(肉)의 특정한 축에 굴복시키지 않는다. 하여, 대상에
대한 시인의 정서적 응대는 쉽사리 특정한 '쾌/불쾌'의 충동으
로 환원되지 않으며, '배중률'을 준수하는 명제로 제시되지 않
는다. 시인이 구사하는 서술어는 능동이면서 동시에 피동이고,
주동이면서 동시에 사동인 '중간형'이다.

133

엄밀히 말하자면, 시인이 부려 쓰는 언어는 '중간형' 또한 아니다. 그것은 논리적 중간, 산술적 등거리, 체험적 종합을 먼저 떠올리게 하는 오해를 사기 십상인 말이기 때문이다. 시인의 언어는 고유한 상황, 태도, 양태, 양식 등에 따라 상상 가능한 스펙트럼 안의 한 지점에 놓인다. 그것은 다소 좌측일 경우도 있고, 우측일 수도 있다. 아래이거나 위일 수 있을 뿐 아니라 운동하는 언어일 수도 있고 2차원적 평면을 넘어 입체적인 벡터로 그려질 수 있는 것이기도 하다.

시인은 귀납적이지도, 연역적이지도 않은 고유한 사태들을 있는 그대로의 지점과 방향으로 언어화한다. 시인에 의해 언어화된 사물은 응당 있어야 한다고 가정되는 특정한 시공간에, 규칙에, 습관에 머물러 있지 않고 어디로 튀는지 알 수 없는 럭비공처럼 고유한 값과 운동성을 갖는다. 그렇다면 시인의 언어는 근본적으로 한곳에 머물도록 허용하지 않는 떠돌이의 언어라 할 수 있겠다.

이하의 첫 시집 『내 속에 숨어 사는 것들』은 이와 같은 떠돎의 언어로 쓰였다. 이는 시인의 체험적 삶의 진실과 관계있지만 그보다는 이하 시인이 대상사물을 대하는 시적 태도에서 기인하는 바가 크다.

이는 먼저, 특정한 지점에 있어야 한다고 가정하는 일반적인 규칙들에 대하여, 준수해야 한다고 믿는 믿음들에 대하여 의혹의 시선을 거두지 않는 시인의 태도에서 찾을 수 있다.

우리가 체험하는 규칙은 대상과 대상, 사태와 사태를 구분 짓는 인식론적 절차에서 비롯된다고 말할 수 있다. 문제는 그와 같은 구분이 쉽사리 특정 대상이나 사태에 대한 우위를 선점하게 하며, 그로부터 존재의 위계질서를 발생시킨다는 점이다. 그러나 규칙과 질서의 정립은 인식론적 사후성으로 규정되는 것이지, 그 자체로 정초 가능한 결정적 근거를 가지고 있지 않다. 시인은 이와 같은 위계의 질서화가 자명하지 않다는 사실을 직각(直覺)한다. 하여, 그에 대한 직설적인 질문을 통해 가치론적 전복을 꿈꾸는 것을 시적 태도로 삼으려 한다.

개펄에선 한결같이 옆으로 걸어야 한다는 법은 누가 정한 게냐 집게발 내두르며 달려드는 너희들의 표정이야말로

뒤집힌 게의 들이밀 곳 없는 게 좆이다

발악의, 밤게는 뒤죽박죽 개펄을 들쑤시며 저를 압박하는 선배 게들의 모랫길을 엎어놓는다

_「게들의 적」 부분

다른 게들과는 달리, "밤게"는 "옆으로 걸어야 한다는 법"을 지키지 않고 앞으로 긴다. 즉 이 시에서 밤게는 기존의 규칙과 관습, 가치를 부정하고 스스로를 바꾸어나가는 자의 대리표상이다. 특정한 삶의 관습과 가치에 정주하는 삶의 방식이 아니라 그에 대한 끊임없는 자기반성과 의문을 제기함으로써 스스로를 갱신하는 태도를 시인은 '밤게'라는 작은 생명체의 걸음걸이에

서 찾고 있는 것이다. 기존의 규칙과 제도, 합리성에 대한 머묾
이 아닌, 그로부터 떠나버림으로써 시인은 자유의 새로운 공간,
새로운 삶의 방식을 창조하려 한다. 그것은 시인의 시편이, 그
언어가 기존의 규칙으로부터 벗어난 떠돎의 시편이자 언어라는
사실을 적시한다. 이는 다음 시편에서도 잘 드러난다.

나는 왜 반칙에 열광하는가, 독일 월드컵을
북경에서 시청하며 나는 왜
한국 경기보다 다른 나라의 경기만
돌려 보고 있을까
누가 심판의 눈을 피해 교묘하게 반칙을 하는지
옐로카드야말로 진정한 선취 골이다

검은 옷을 입은 감시자의 눈을 피해 축구공이라는 둥근 감옥을
날려버리길, 대한민국 짝짝짝짝짝도 날려버리길
누가 누구에게 매수됐다는 날 선 루머도 경기장 밖으로 훌쩍
그리고는 이 북경에서 밤늦도록 소란을 떠는
저 붉은 악마도 묶어서 날려주시길
한국 팀이 후반에 공 돌린 것이 스포츠맨십에 어긋나는 플레
이라고 비난하는
스포츠야말로 순수하고 공정한 장(場)이라고 맹신하는
자기 검열의 가짜 훌리건들도 안녕하시길

레드카드야말로 진정한 결승 골이니
＿「반칙」 전문

축구 경기에서 "반칙에 열광"한다고 고백하는 위의 시편은 시인이 추구하는 밝게와 같은 '떠돎'의 태도가 극단적으로 형상화되어 있다. 축구 경기는 규칙을 준수하고 그럼으로써 경기에 승리하는 매끈하고 이상적인 스포츠가 아니기에 "스포츠야말로 순수하고 공정한 장(場)이라고 맹신하는/자기 검열의 가짜 훌리건들"로부터, 그들이 준수해야 한다고 믿는 "축구공이라는 둥근 감옥"으로부터 떠나는 태도가 필요하다는 것이다. 그러므로 축구 경기에서 승리는 "옐로카드"와 "레드카드"이며, 그것이야말로 "진정한 선취 골"이자 "결승 골"이라고 시인은 말한다.

그런데 이와 같은 극단적인 시인의 언명은 반대를 위한 반대, 안티를 위한 안티테제인 것처럼 보이기도 한다. 기존의 규칙으로부터 자유를 구가하기 위한 시인의 태도는 새로운 가치의 추구를 위한 윤리적 정립이라는 측면에서는 분명 의미가 있지만, 때로 그것이 기존 규칙에 대한 무조건적 파괴 내지는 허무적 세계 인식의 외화로 보일 공산도 무시할 수 없기 때문이다.

하지만 다음 시편은 기존 가치와 질서에 얽매어 정주하는 삶의 방식이 존재의 더 큰 가능성과 잠재적 역량을 얼마나 제한하고, 구속과 속박에서 벗어나지 못하게 하는지를 적나라하게 제시한다.

악어새가 악어 입 속에 들어가 앉는 건 비단
악어 이빨 속 찌꺼기 때문만은 아닐 것이다
그 까닭은 악어 입 속 어디쯤에 있을까
늪의 심연 속에도, 울창한 숲 속 우듬지에도

없는 무언가가 악어 입 속에는 있을 것만 같다는
의구심에 나무 둥지 위의 새끼들은 자꾸만
악어의 벌어진 아가리 속을 들여다본다
정말 무언가가 있습니까, 아부지?
그렇게 많은 먹이를 섭취했는데도, 부리소리
그렇게 오랫동안 이빨 이곳저곳을 넘나들었는데도
저희들의 어깻죽지는 자라지 않고
숲 너머 하늘은 갈수록 넓어만 가는 까닭은
거듭되는 날갯짓에도 날기가 두려워지는 새끼들은
이제 청년이 되어 늠름하게, 그러나 전족한 채로
영공(領空)을 송두리째 늪 속의 악어 입천장에 바치는
연습을 한다 다시 눈을 떠보니
숲 지붕 너머로 날아오른 새끼들의 부리 속으로
대지를 헤매던 벌레들과 논밭의 알곡들이
빼곡히 늘어서는 걸 본 것도 같은데

_「악어, 악어새」 전문

시인은 "악어"와 "악어새"에 대한 우리의 통상적인 이해에
의문을 제기하면서 시적 사유를 펼쳐놓는다. 악어새가 "악어 입
속에 들어가 앉는 건", "없는 무언가가 악어 입 속에는 있을 것
만 같"기 때문이겠지만, 그것은 곧 악어 입 속이라는 제한된 공
간, 구속된 틀 안에 존재의 자기 가능성을 "거듭되는 날갯짓에
도 날기가 두려워"질 수밖에 없도록 스스로 제한하는 것에 지
나지 않는다. 악어의 입 속에만 머무는 악어새는 더 넓은 "숲 너
머 하늘"과 "숲 지붕 너머"로 날아오르는 방법을 모른다. 먹이

를 편하게 구하기를 위해 자유를 포기한 악어새는 스스로 "전족" 당하고 만 것이다. 기존의 규칙을 준수하고 그 안에서만 머물며 자족하는 것은 악어새가 악어의 입 안에서만 먹이를 구할 뿐, 숲 지붕 너머의 더 큰 세계, 존재의 자기 비상을 구현할 수 있는 광활한 "대지"를 "헤매"는 기회를 스스로 상실해버리는 것과 마찬가지이다.

그러므로 기존 가치에 대한 근본적인 회의와 떠남은 단순히 스스로를 드러내기 위한 치기 어린 일탈이 아니다. 그것은 존재의 자기 결단을 요구하는 것이며, 일탈에 의해 새롭게 구성되는 그 너머의 가능성을 찾으려는 것이다.

저녁 무렵, 초원의 양치는 아이들 따라 냇가에 이르렀습니다 나와 양 떼는 한데 섞여 물을 마셨고, 아이들은 물수제비를 뜨고 있었습니다 마차에 드럼통 싣고 물 길러 온 아이들 뛰어들자 물이랑이 발목을 두드렸습니다

아이는 온 길 잊고 넓적돌에
숨을 실었고 나는
그 숨을 담아
가만히 마셔보았습니다

저녁놀 드리워진 물굽이에서 누군가 아리, 아리하고 웃는 소리에 놀라 고개를 들었습니다
아리, 아리랑, 물이랑, 푸른 물결?

우리는 아리에, 물결에 취해

지는 해를 보았습니다

햇살 가는 곳까지

내 숨 닿을 수 있을까,

힘껏 푸른 돌을 던졌습니다

_「푸른 물결」 전문

정주인이 멈추기 위해 이동한다면, 유목인은 이동하기 위해 멈춘다. 떠돎의 언어, 떠돎으로써 머문 자리를 '재영토화'하지 않는 유목인은 그러므로 시인과 삶의 자리를 공유한다. 정주인이 이동을 위해(궁극적으로 멈추기 위해) 긋는 일직선의 "길"은 "넓적 돌에/숨을 실"은 유목인 "아이"에게는 "잊"기 위한 것일 뿐이다. 거기서 시인은 자유의 새로운 공간이 가져다준 한 양상을 체험한다. "고비에 살아도 고비서 살지 않고 맨발로 어디든 노니는 아이들 나는 돌아갈 길도 시간도 잊고 사막 아이들에 취해 낙타처럼 멀거니"(「사막의아이」) 선다는 고백은 그래서 가능한 것이다.

그러므로 기존의 규칙과 상식으로부터 일탈하면서도, 시인은 일탈 그 자체를 목적으로 시적 역량을 투입하지 않는다. 그의 언어는 일탈에 의해 새롭게 구성되는 그 너머의 가능성을 찾으려는 시도들에 바쳐지고 있으며 그로부터 존재의 자기 고양을 이루고자 하는 것이다.

3

그런데 필자가 시인의 언어가 떠돎의 언어라고 언급한 것은 단지 이와 같은 이유 때문만은 아니다. 기존의 규칙에 대한 회의와 의심, 나아가 새로운 가능성에 대한 존재론적 결단의 시적 형상화는 자칫 관념적인 시적 편향성을 드러내거나 앙상한 미학적 형식에 갇힌 비대한 시적 의지만을 드러내는 것으로 그칠 수도 있다. 하지만 이하 시인이 보여주는 떠돎의 언어는 단지 기존 가치의 전복이라는 측면뿐 아니라 가치의 전복을 상상하는 시적 자아 자신까지도 의심하는 데까지 나아감으로써 또 다른 방향을 제시한다.

경계에서 나도 덧니처럼 떠밀려 다녔다 뿌리는 같은데 왜 이름과 자리는 서로 너무 먼가 아직 뽑아야 할 이가 남았나 삶의 한 구석에서 솟구친 덧니처럼 나는 거듭 어린 아이가 되고 싶었다 그도 아니면 우리는 애써 서로를 실로 묶어 뽑아내고만 싶었다
_「덧니」 부분

억압받는 민중이라면
중국인도, 일본인도
다 같은 민족이라고?

너는 지금 어디에서
싸우고 있냐고?

그가 지우고 떠난 길을

나는 오래도록

떠나지 못하고 서성인다

_「징산둥제 후퉁에서 2」 부분

남한을 탈출한 지 삼 년째, 와이탄서 서른이 되었네 십년지기
는 학교 선생이 되었고, 불알친구는 주사보가 되었다는데, 난
어쩌자고 국외자가 되어 또 어디로 떠밀려 가나

_「황푸강 1」 부분

자유로웠습니까 관직도 처자식도 없이

맨몸으로 사는 게

홀가분했습니까 세상 그 어디에도

속하지 않고 지내는 게

_「항저우 일기」 부분

가치 전복의 미학적 상상력은 그저 그것을 무책임한 언어와
비유로 서둘러 형상화하는 데서 발현되지 않는다. 기실 시인의
떠돎의 언어, 기존 가치로부터의 일탈은 그 자체로 시인에게 주
어진 상황이기도 한 것이거니와 동시에 그에 대한 불안과 공포
를 스스로 감내하면서 존재의 자기 죽음을 선포하는 일이기도
하다. 따라서 떠돎의 언어는 가치론적 전복의 확실성에 대한 굳
은 의지를 표명하는 것으로 읽히기보다는 되레 그와 같은 전복
의 불확실성, 그것이 안겨주는 불안과 비애가 떠안겨주는 정서
적 태도를 외연화하는 데서 찾을 수 있다.

다시 말해, 가치의 전복이라는 미학적 결단은 그것의 행함에 의해서 실현되는 것이 아니라 행함과 행하지 못함 사이의 갈등과 길항 관계에서 배태된 윤리적 산물이다. 왜냐하면 주어지고 통제된 조건에 따라 이미 정해진 대답을 내어놓는 방정식의 삶이 아닌, 시공간의 흐름에 단속되는 고유하고도 미결정적인 존재의 조건이 인간 실존의 양태이기 때문이다. 거기서 어떤 정답을 가진 삶이란 근본적으로 우리에게 존재할 수는 없다는 사실은 자명한 것이다. 우리는 미래를 예측 가능한 '의견(doxa)'으로 제시할 수 있을 뿐, 확고한 진리 자체를 개진할 수 없다. 우리는 '의견'으로서의 현재를, '진리'로서의 과거로 만들기 위해 노력할 수 있으나 미래를 돌이킬 수 있는 어떤 수단도 갖지는 못한다. 그러므로 존재의 자기 결단, 죽음과 자유의 쌍생아적 외연은 쉽사리 예측 가능한 현실태로 언급될 수 없다.

이는 곧 시인이 추구하는 가치 전복의 상상력이 '-되기'의 실행에 의해 인과적으로 매끈하게 정리 가능한 시적 의의를 확신시키지는 못한다는 사실, 어쩌면 그것은 '-될까?'의 의심에 의해 시적 의의를 정립하고 있는 것인지도 모른다는 사실을 시사한다. 그런 점에서 시인이 김수영의 시를 인용하면서 "끝까지 그 자신을 반성해야 한다"(「만적의 난」)는 구절을 상기했던 것은 우연이 아니다.

그렇다면 그 반성은 구체적으로 어떤 내용일까? 규칙을, 사물을, 대상을 의심하는 데서 그치지 않고, 그렇게 의심하는 자기 자신까지도 의심하는, 아니 김수영 식으로 반성하는 시인의 의심 내지 반성조차도 '비우는' 데까지 이르려는 태도가 그것이라 할 수 있을 것이다.

예수는 다 이루었다는 서른셋의 나이에

나는 아무것도 이루지 못한 채 또 엎드린다

비워라, 비워라, 바늘 하나 내 안에 깊숙이

　　　　　　　　　　　　　　　_「호두알 속의 우주」 부분

　물론 시인은 비우지 못했다. 시인은 "아무것도 이루지 못"했
다. 하지만 시인은 "비워라, 비워라"라는 말을 들을 줄 안다.
"엎드"릴 줄 안다. 기존의 가치에 회의하면서 자유를 구가한다
는 것이 단순히 쾌/불쾌의 감정적 동조를 의미하는 것이 아님
을 안다. 어쩌면 그것은 "끈이 엉겨 걸음은 더디고/살점 몇 개
찢어져 피 줄줄 흐"(「한 쌍의 붉은 십자가」)르는 수난을 동반해야 하
는 것일 수도 있음을 안다. 시인이 김산(「징산둥제 후퉁에서 1」, 「징산
둥제 후퉁에서 2」)이나, 김구(「상상의 정부」), 임포(「황저우 일기」)를 상상
한 것은 그들 또한 기존의 규칙과 제도 안에 머물지 않는 자유
로운 영혼들이었고, 그에 따르는 수난을 기꺼이 떠안았기 때문
이다. 특히, 시인이 가리봉 이주노동자(「전화 결혼식」), 몽골인 판
매원(「몽골사람」)에 주목한 것은 단순히 시인의 개인사와 겹치기
때문이거나 세계화에 의한 자본의 이동과 노동력의 이주와 착
취의 양상을 에둘러 비판하기 위해서만은 아니다. 중요한 것은
그들이 처한 현실의 절박함이며, 부당한 수난에 노출되어 있다
는 데 있다. 그들의 수난은 곧 떠도는 자의 수난이며, 경계의 바
깥을 사유하는 자의 수난이기 때문이다.

　거북선 타고 위도 깊숙이 들어옵니다 물길 가는 대로 누운 절
벽, 조선 수군 역 맡은 우리는 바람을 엎고 활쏘기 시작합니다

넘어오지 마라, 부디 조심하시기를!

절도사가 칼끝을 휘저을 때마다 부안은 숨죽입니다 60mm 박
격포처럼 생긴 총통을 배 옆에 끼고 우리가 격발한 것은 목울대
함성 한 번 내지를 때마다 격포항은 기암절벽처럼 층층이 고함
을 되받습니다

나 자신이 바로 비격진천뢰구나
풋소리엔 풋소리로 답하는 바다

우리는 어느새 거북바위가 되어 붉은 노을을 봅니다 어스름
속에서 불쑥 저녁밥 토하는 소리, 거북선 쇠못을 거푸 밟아가며
누군가 뱃멀미합니다
제 속에 가진 힘 게워내어 밀물 따라 스러지는 사람들

물러서지 마라! 조선을 위해 목숨을 바쳐라!
큰 칼 찬 주인공 혼자
카메라 앞에 환하게 피어오르고
_「격포항에서」 전문

사극은 단순히 특정 역사를 개연성 있는 스토리로 반복하여
제시하는 것만은 아니다. 시인이 주목하는 것은 주인공과 엑스
트라, 연출자와 배우 간에 존재하는 특정한 역할–규칙으로서의
위계이다. 즉 이 시가 재현하는 것은, 아니 시인이 보기에 사극
이 재현하는 것은 명령하는 자와 명령을 수행해야 하는 자 사이

의 위계와 그것의 역사적 반복이다. "밀물 따라 스러지는 사람들"이 아닌, "큰 칼 찬 주인공 혼자/카메라 앞에 환하게 피어오르"는 장면을 재현하는 사극은, 곧 역사가 누구를 주어로 삼고 기술되는지를 그대로 재현한다. 시인은 반복되는 위계화된 역사를 의심한다. 그리고 그 의심 속에서, 그 의심에 의해 수난당하며 죽어간 수많은 "조선 수군"들을 호출한다. "카메라 앞에 환하게 피어오르"는 역사의 무책임한 반복적 재현에 대해 "고함"을 호출한다.

「만적의 난」에서 위계질서를 의심한 '만적'을 호출하여, "왜 없는 놈들은 역사를 통틀어/엑스트라인가"라 외친 것도 같은 맥락이다. 기존의 규칙과 비상식이 '이상한 나라'로 고착화된다면, 시인은 이를 의심하고 해체함으로써 사물의, 사태의, 상황의 또 다른 측면을 길어 올리고 있는 것이다. 시인의 떠돎의 언어는 기실, 이와 같은 의심의 물음표에 대해 수난을 각오하고서라도 결단함으로써 얻는 이름인 것이다.

중요한 것은 시인의 이와 같은 떠돎의 언어가 궁극적으로 구분 짓기를 통한 특정 입장이나 질서의 승인을 거부하고 '탈영토화'하는 태도 그 자체를 보여준다는 것이다. 시인은 단순히 위계질서를 거부하는 자가 아니라 그 위계질서가 합의된(혹은 합의되었다고 가정되는) 것에 지나지 않는다는 사실을 의식하고 의심 이후의 의심, 반성 이후의 반성을 거쳐 텅 빈 공간으로 놓려놓는다. 거기서, 구분 짓기와 서열화의 구조를 무너뜨리는 보편적 지향의 자리가 배태된다. 시인이 가닿고자 하는 시적 열망의 종착지는 거기에 있다.

4

　이하의 시는 기존의 질서를 의심하고 해체하는 인식론적 전복을 시적 벡터로 삼고 있다. 더욱이 그의 시는 구체적인 체험적 진실에 뿌리박은 시적 형상화 작업을 통해 시적 대상과 사태를 생생하게 전달하며 그만큼 감동의 폭을 확장시켜 제시해준다.

　그런데 아쉬움도 있다. 시인이 말하는 전복적 사유에 대한 구체적인 전달 방식에 있어서는 미학−형식적 전복과 새로움으로 이어지고 있지는 않고 있다는 점이 그것이다. 기존의 시적 형식을 고수하면서 제시되는 시적 인식의 전복은 자칫 형식의 고루함에 압도될 위험을 잔존시킬 수도 있다.

　그럼에도 불구하고, 카메라 앵글로 사물을 바라보는 듯한 시적 대상에 대한 묘사나 이미지의 중첩과 병치를 통한 새로운 의미론적 가치를 제시하는 형상화 방식은 충분히 미학적 전복의 가능성을 보여주고 있는 것으로 생각된다. 만약 시인이라는 존재가, 포착되는 어떤 대상이든 말할 수 있는 수다쟁이와 아무도 말하지 않은 대상을 포착할 때에야 비로소 말하는 말더듬이로 나뉜다고 가정한다면, 이하 시인은 분명 후자에 해당할 것이다. 그것은 시인이 은폐되고 억압되어가는 타자들을 새로운 이미지의 병치를 통한 가치 바꿈을 통해 충분히 자기화된 언어로 드러내고 있음을 의미한다. 그의 시가 보여준 떠듦의 언어는 그만큼 윤리−미학적 전복의 잠재태를 지니고 있는 것이다. 아무 것도 아닌 자들, 규칙 내부로 포섭되지 못하는 자들을 위한 시인의 '불온한' 노래가 늘 건투하기를 빈다.

147

시인의 말

수년간 베이징, 내몽고, 상하이 등지를 떠돌며 말하는 법을 잃어갔다. 남한으로 돌아와 한동안 사람들을 만나지 못했고, 두 마디를 잇지 못했고, 시를 쓰지 못했다.

그건, 허깨비였을까.

2012년 1월
이화동 낙산 자락에서 이하

실천시선 198

내 속에 숨어 사는 것들

2012년 1월 31일 1판 1쇄 찍음
2012년 2월 6일 1판 1쇄 펴냄

지은이   이하
펴낸이   손택수
주간   이명원
편집   이상현, 이호석, 박준
디자인   풍영옥
관리·영업   김태일, 이용희, 김가영

펴낸곳   (주)실천문학
등록   10-1221호(1995.10.26.)
주소   우121-839 서울시 마포구 서교동 478 3 동 궁빌딩 501호
전화   322-2161~5
팩스   322-2166
홈페이지   www.silcheon.com

ISBN 978-89-392-2198-7 03810

이 시집은 2007년 한국문화예술위원회의 문예진흥기금을 받았습니다.